八　月　の　光　へ

Light in August

水　田　宗　子

Noriko Mizuta

思潮社

目次

別れ 6
初夏 8
異常夏 10
空を踏む 14
果実の庭 22
七夕哀歌 26
渦巻く空 32
欲張り 36
音波 40

帰還者　44
しばらく留守にしたので　52
変身　56
八月の光　62
わたしだけの部屋　72
ガラスの羅漢　76
終わりのあと　80

八月の光へ

水田宗子

別れ

あなたがくれたのは
勾玉
神様からだよ　と
はにかんで
それから
桃玉
そして
梨玉
地を這うものの

肌触り
隠れて
隠れて
いつの間にか
草の中で
輝いている
あなたの固い存在
わたしも
七色の甲羅で固めた覚悟
あなたが置いていったのは
この鈍い光
消えることのない
この固い別れ

初夏

小さなものから
緑が立ち上がってくる
ひしめきあい
葉と葉が重なりあい
隙間が消えていく
ものものの距離
濃くなっていく
遠く

深く
時間の絡みあい
もう向こうは見えない
記憶だけになった
緑
生い茂る
ここも
もう見えない

異常夏

空はこの庭で
脱皮した
庭いっぱいに
散らばる
空の模様

抜け殻の
パノラマ

いつか見た
空のデザイン
廃庭の展覧会
一度だけの
賑わい
空の祭典

見上げれば
通過していく
からを置いていった者たち
他人の顔した
見知らぬ者の飛翔
残されるからの空

いのち不在の宇宙
見送るものたち
横たわり
止まったまま
からの空
抱える

空を踏む

この庭に
空を撒き散らしたのは
時が連れ去った
いのち
もう追いつけない
去っていった
羽をもつものすべて
昨日までの現在は

捨てたものの
いのち
今ここにあるのは
去るものの
残した風
ひんやりと
空を落としていく
一つ一つ
一滴一滴

庭いっぱいの
空
去ったもの

後から　後から
空を落としていく
飛んでいったものの
羽音
消えていくところから
残される
空になった空の
動かない
肌触り

ここから出る時が迫っている
昼寝をしてから
出て行こう

だが
忘れ物をしているような気がする
いつも盆にはやってくる黒揚羽蝶
一目会ってからでも遅くない
庭の奥に忍耐強く立ち続ける
道祖神へのご挨拶
わたしとは違う顔つきの
出立の守り神
これは庭の邪気だ
心と足を引き離す悪巧み
だから踏むのは同じところばかり
もう十分ではないか
彼らの企ては知り尽くした

さあ
空を踏んで
出て行きなさい
殻をなんとか振り落とし
地面の
重い鎖を解き
外に出れば風がつれにくる
中途半端なものたち
どこまでも　見逃さず
だから　今だけ
一睡の
引き延ばしのとき

庭の安堵
最後の微睡

空を踏む夢を見る
足元で
ひび割れ
砕ける
からになった空の響き
まだ
ここから出られない
自己治療は終わらない
空は
亀裂に吸い込まれた

深まる秋
贖罪の時がきている
もうおまえは
中身でもない
殻だって枯渇する
お前の安心など知ったものか
おまえと話し合うつもりはない
踏みつけることもない
わたしは独り言などつぶやかないのだ

果実の庭

もうあなたは
食べ終わっただろうか
赤い身をもぎとった後の
緑のへた
そこだけが
一瞬の未来
木の根の周りには
熟れて落ちた身体の

崩れた表皮の重なり
夏はもう終わろうとしていた
夏が去るときの
あの憂い
収穫の季節は
これからだというのに
あなたの庭の
一本の早熟な木
黒い雨にも構わず
異常気象も無視
一目散に花を咲かせ
実を膨らませたのも
一番乗り

あなたの早熟な果樹から
蜜はすっかり滴り落ちた
欲望の洪水
痕跡の
粘りつく一筋

あなたはもう
食べ尽くしただろうか
別れの挨拶も
忘れて

七夕哀歌

熱い炎で身を焦がしたのに
夜空の闇に光る
この冷たい光はなんだろう
あの時
深い縁から迸った
真っ赤な炎も
薪をくべて　くべて
炎は燃え尽き

わたしもあなたも
消え果てたのに

この夜空へ放つ
凍りついたひらめき
溶けることなく
永遠に送り続ける
ラブレターだなどと
他人は作り話を好む
あなたには届いているのだろうか
あなたもこの闇のどこかで
送っているのだろうか
わたしには見えない

合図を
もう生身のあなたには会えないのだから
この冷たさは
未練ではない
別れを封じ込めた
覚悟のはず
言葉を消した
究極の旅支度
胸のうちから
光は発しない
他人任せの
エレジー
伝説通りにはいかない

わたしたちの恋物語
巡りくる季節のない
逢い引き
これっきり
私たちの末路に
繰り返しはない
さらに小さく
さらに微かな
合図を頼り
光も闇もない
宇宙の外へ
星々の消滅した
さらに冷たい

終わりのあとへの旅
二人一緒とは限らない
はぐれ星の
エレジー

渦巻く空

絵の中の
予告通りに
空が
ぐるぐる舞い始めた
木々が誘われ
草花が体を曲げる
差し伸べる身体
この日は

あの日
画家を蘇らせた
見えるものみな
舞い始めた
色　濃くなり
形　崩れて
細い羽毛の
黄色の渦巻き
この庭の見えぬもの
みな舞っている
色　吐き出し
体　投げ出し
大きな渦に巻き込まれ

空へ向かう
渦巻く雲の支配
この時は
その時
突然やってくる
予言の時

やがて渦巻きが終わり
庭は
素知らぬ顔
露わなものは
いつも通りの
剝き出し

隠れるものは
見えなくなり
日常の平静

この時は
仮の時
凌ぐ時

欲張り

八回生きようなど
欲張りな奴
八回死のうなどと
隠れ上手な卑怯者
擦り寄ってきては
甘え　媚び
もう一度生き直そうと
誘い入れる
昔　お前が死んだ時

異国の水辺で泣いた
姿が消えた時
都会の果てまで
探しに彷徨った
お前はその時
何回目かのいのちを
堪能していたというのに
わたしもわたし
いつも一回きりと思い込み
これでもう五回目の恋
無責任な他者に
励まされ
いつも探しに出かける始末

あと三回の
いのち
あと三回の
死

音波

動くものは皆消えた
瞬きせぬものの地図
物言わぬものたちの構図
この庭の彼方に
音波が生まれている
声のない
動き
聞こえない

水の滴り
風景が生まれるのは
まだ遥かな
時の向こう
静止したタブローから
はみ出した
余白
見えない赤信号
闇の中
門番の
赤い小さな球体
予兆の波長を捉える
音波が

近づいている
もう時間切れ
出立の促し

帰還者

たくさん実をつければ
たくさん鳥が来た
いのちが去れば
廃墟になる
この庭の政治は
単純明快

異国の戦場で

機関車が錯乱する
タンクが薙ぎ倒されろ
異国の言葉で
本が書かれる
境の不確かな
痕跡
遠いは近い
丸い地球の
外人部隊
帰ってきたのは
足音
それから身振り
逸らし

震わせ
微かな風の音
全てを消してしまう雑音
動くもの
全てを混ぜこぜに
違いはもう見えない
リズムはない
なんと感情的な
最後に帰ってきたもの
金に釣られて戦った
誰の正義のためではない
全能な
混ぜこぜ

目の中に入り込み
隅々まで細かに打ち砕く
裏返された表層
ざらざらと
この庭の風景
帰ってきた庭の
境を壊す
この絶対

閉じ込めよ
砂漠からの帰還者
穀物畑の敗北者
他国の鉄砲を撃っても　撃っても

消せない
国籍
手に入らない
土地の権利書
ハラスメントで
コピーライトなしの
心

この庭に封じ込めよ
ねずみの勝利を知った者を
落ち穂拾いの自助暮らし
もう一度
他者不在の

イノセントな庭
時効の来るまで
一人だけの長い眠り
回復のために
書かなくていい
どうせ詩が終われば
後戻り
この庭の思想は
独りよがり

囲いの根は腐っている
ペンキは剝がれたまま
もう修理は不可能だ

この庭の
終わりを
おまえたちにあげよう

しばらく留守にしたので

しばらく留守にしたのに
家の中には動くものが潜んでいた
つま先だって侵入した
しばらく窓を開けなかったので
古い空気は
粒になって床に溜まり
歩くとパチンパチンと弾けた
酸素欠乏の空気

わたしの日常の
残骸
土産の河原の砂は
ここでは軽すぎて
散ってしまった
持ち帰ったのは
記憶ばかり
重力のない宇宙のように
ここ　あそこを浮遊して
もう手が届かなくなった
窓を開ければ
外気の軌道に乗って
何かの周りを回り始めるだろう

しばらく留守にしたのに
ここはからではなかった
ひび割れが広がったソファは
知らない日常を匂わせる
せめて月夜であれば
浮かび出てくるものがあろうに
入ってくるのは
余所者の気配
見知らぬわたしの
足音

変身

ここまで変身したのに
最後にしくじった
翔べない
まだ引きずる
背中の殻
土に潜り帰ることも
叩き割ることも
殻がすべて

啼くまでの
この一瞬
今や独り占めの
この
間隙の時
飛翔を捨て
安寧を生き残るための
自分一人の
安産地帯
日差しから
雨風から
薬から
追い立てる時間から

身を隠す

今と　ここの

アサイラム

意固地に守る

一人だけの

安全地帯

アンもいた

ヴァージニアもシルヴィアも

取り残されても

引き伸ばす

殻の賞味期限

わたしの変身

殻を背負ったまま

中途半端な
目覚め
帰路半ばの
変身

ここまで変身したのに
最後にしくじった
取り止めのないことにこだわり
近くばかりを見ていた
周りの草花に
言い訳を続けたのが
こんなことになった
長いこと安寧を貪った報い

知らん顔し続けた罰
取り壊しが迫っている
もう修理不可能な垣根
顔も洗わず
服も昨日のまま
腐れゆく殻を背負ったまま
それでも足は引きずらず
ダンディに出て行こう
返事をしないものものに
明るい挨拶をして

八月の光

ここまできた
隠されたものは
見えないまま
括弧の中は空っぽ
だが
満ちていく
この身体
鎖を断ち切り

物語を脱出して
メタフォァは不在

ついにここまできた
安産を仄めかす
朝焼けを無視し
忘却を誘う
夕焼けを足蹴に
物欲しげな星星をかわし
飢えた月に誘われるまま
贖罪の胸叩く音は聞こえず
亡き壁に鼻擦りむくことなく
ああ　ここには

こんなに多くの
光
ここで野宿をしよう
囲みこむ
燭台に似た草花
産む産まないは
女のポリティクス
さようなら
行って参ります
短い別れの
儀式

ほんとうに

成り下がったものだ
昔はもっと豪華な
浄めの儀式
貴重な杯に溢れる酒
酢がたっていても
それも伝統の味
生臭さを消し去る
いつもの手管
命をかけて
戦ってきます
お浄めがすめば
向かうのは
南方

男たちの墓場
女たちの産み小屋

大海原の只中
よくやってきた
もう少し行けば
現れてくるに違いない
何としても
引き摺り出される
いのちのように
動くもの
止められぬ
生まれるは

とうもろこし畑の無垢
大海の潮に促されて
やがて
覆い尽くす
追い出されたものの
産月の身体
漕ぎいでる
八月の光の中

侵されても
降り注ぐ
最終の光
欲望の産んだ

エネルギーの
逃げ足の速さ
産ませる産ませないは
欲望のポリティクス
若者たち
戦場を立ち去る
周到な準備もない
崩壊へ向かって
ヒット　エンド　ラン
宝石はポケットへ
毛皮コートは着込み
メガネはいらない
もうここには用はない

だが
八月はやってくる
焼け爛れる
被曝の都市に
砂漠の街の
病院の廃墟に
サトペンたちの
破産の後に

戦場の落とし子
産月の身体を引っ提げて
やってくる

灼熱の陽光の中
逃げていくものの
産み月
追いかけるものたちの
産み月

わたしだけの部屋

表札は真っ先に外した
最後に捨てたのは
本とノート
そして
ここは
わたしだけの
部屋となった
記録のない

わたしの身体の
居場所

思い出は瓶詰めに
忘却は真空パック
土曜日は燃えないゴミ
リサイクルは
ガラス瓶だけ

カーテンを捨てた
障子も取り外した
この部屋は丸見え
わたしだけの

部屋

レントゲンでも
映らない内面
ＣＴスキャンも異常なし
もう消えた塊
身体を
循環する血液のビート
乱れない息遣い
吸い込む
空気の流れ
去っていく
音の残響

ここは
明るい部屋
象徴不在

裸の身体と
丸見えの部屋を残そう
化石にも
遺跡にもならない
わたしの
遺産

ガラスの羅漢

あなたの沈黙は
わたしの記憶
ひんやりと
誘惑する
あなたの非情は
わたしの傷痕
ずさっと冷たい
あなたの身体は透明
目の奥は

そこを突き抜けた
空
あなたの心を翻訳しようとしても
そこには言葉が不在
揺れる木の葉
雨の水滴も
ただ通り過ぎる
あなたは無関心
あなたは
わたしの心の
不透明な固まり
あなたが溶けて
熱い塊になることは

もうない

でもそうはいかない
もうわたしのうちにいるのだから
あなたの
瞬きせぬガラスの瞳に
別れを託してここまできた
あなたの冷たい覚悟に縋って
ここまできたのだから
あなたの　封じ込めた
見えない
灼熱の血潮が
わたしの原点

終わりのあと

あなたは
この日も変わらぬ表情で
見つめている
あなたの見つめる先は
記憶の消えたところ
ガラスの身体は
修行の痛みを封じ込めた
透明な個体

問いかけても
訴えても
わたしを見返してくれない
耳をすましても
呻きも吐息も聞こえない
音のない
不明地帯
この時ばかりの
透き通った世界
あなたを胸に抱いて
ここまできた
あと一歩で
記憶に届くと

あなたと一緒に行きます
この先のない旅
囲いのなくなった庭での
ひと休みのあと
命の時効ももうすぐくる
それだって当てにならない
追ってくる
しつこい取り立て人
延命措置も控えている
安全神話へのアディクション

それでも
ガラスの羅漢

わたしの守護神
何が終わっても
あなたは
わたしと一緒
一緒に焼かれます
溶解点への道行
終わりの終わり
一緒に溶ける

水田宗子（みずた・のりこ）

一九三七年東京生まれ。大学在学中に現代詩の会「詩組織」（ぶうめらんぐの会）に参加。その後、一九六一年にイエール大学に留学。シルヴィア・プラスらの詩に出会い、評論活動を開始する。詩集『春の終りに』（七六年）、『幕間』（八〇年）、『炎える琥珀』（九六年）、『帰路』（二〇〇八年）、『青い藻の海』（一三年）など。評論に『モダニズムと〈戦後女性詩〉の展開』（一二年）、『吉原幸子 秘密の文学』（一三年）などがある。二〇一一年 The Pro Cultura Hungarica Prize（ハンガリー共和国文化勲章）、一三年「チカダ賞」（スウェーデン）受賞。

八月《はちがつ》の光《ひかり》へ

著者　水田《みずた》宗子《のりこ》
発行者　小田啓之
発行所　株式会社思潮社
〒一六二－〇八四二　東京都新宿区市谷砂土原町三－十五
電話　〇三－三二六七－八一五三（営業）
　　　〇三－三二六七－八一四一（編集）
印刷・製本　創栄図書印刷株式会社
発行日　二〇二四年十月二十日